弋舟作品

等深

弋舟

——

著

作家出版社

弋舟

当代小说家，著有长篇小说《蝌蚪》等多部，中短篇小说集「人间纪年系列」等多部。

一个孩子，

窥见成人世界的崩坏

怀刃上路，

承担大于他的责任

自序

我们这个时代的刘晓东

弋 舟

2012年，我写了《等深》，2013年，我写了《而黑夜已至》和《所有路的尽头》。三个中篇，写作的时候，是当作一个系列来结构的，故事并无交集，叙述的气质却逐渐自觉，重要的更在于，这一系列的小说，它们都有一个共同的男性主角——刘晓东。

当我必须给笔下的人物命名之时，这个中国男性司空见惯的名字，几乎是不假思索地成了我的选择。毋宁说，"刘晓东"是自己走入了我的小说。我觉得他完全契合我写作之时的内在诉求，他的出现，满足甚至强化了我的写作指向，那就是，这个几乎可以藏身于众生之中的中国男性，他以自己命名上的庸常与朴素，实现了某种我所需要的"普世"的况味。

时代纷纭，而写作者一天天年华逝去。我已经毫无疑问地迈向中年，体重在增加，查出了心脏病，为孩子煎熬肺腑……追忆与凭吊，必然毫无疑问地开始进入我写作的基本情绪。那些沸腾的往事、辽阔的风景，几乎随着岁月的叠加，神奇地凭空成为了我虚构之时最为可靠的精神资源。或者我的生命并无那些激荡的曾经，而我相信的只是，岁月本身便可以使一个人变得仿佛大有来历。在我看来，一个小说家，必须学会依仗生命本身的蹉跎之感，必须懂得时光才是他唯一可资借助的最为丰满的羽翼。由此，他可以虚拟地给出自己一个来路，由此，他可以虚拟地给出自己一个归途。他在来路与归途之间凝望，踟蹰和徘徊的半径才会相对悠长，弹指之间，无远弗届；那种一己的、空洞的、毫无意义并且令人厌恶的无聊书写，才有可能被部分地避免。

天下雾霾，我们置身其间，但我宁愿相信，万千隐没于雾霾之中的沉默者，他们在自救救人。我甚至可以看到他们中的某一个，披荆斩棘，正渐渐向我走来，渐渐地，他的身影显现，一步一步地，次第分明起来：他是中年男人，知识分子，教授，画家，他是自我诊断的抑郁症患者，他失声，他酗酒，他有罪，他从今天起，以几乎令人心碎的憔悴首先开始自我的审判。他就是我们这个时代的——刘晓东。

壹

她坐在我面前，我们之间隔着张铺有台布的桌子。

　　这样的场面必定发生过很多次，但每一次身临其境，我的心里都会泛起微澜。这没什么可说的，就像岁月中总有些蛮不讲理的滋味，在我们的心里盘桓不去。比如，她的名字叫莫莉，而在我的心头，从一开始，就是以这两个字来称谓她的——茉莉。她或许并不知道，当我每次叫她的时候，其实我是在叫着——茉莉。这算是我自己的一个秘密。最初，这个内心的秘密无疑蕴含了情意，随着时光的荏苒，这个蕴含着情意的秘密当然也无疑地麻木了，它不再是一个发自心底的爱称，而是犹如户口本上横平竖直的实名。这时候，莫莉或者茉莉，都只是一个女人的名字罢了。而我依然固执地以"茉莉"称呼她，不过是因为一切已经成了习惯。

她说："晓东，原谅我总在这种时候来找你，我知道，你并不能帮我把他们找回来，但是，将自己的艰难说给你，对我似乎已经成了习惯……"

我凝视着她。她也在说"习惯"。

我还记得三年前那个深夜被电话铃声吵醒的情景：我从一个辗转的梦中醒来，抓起电话"喂"了一声，就被自己发出的声音吓住了。我的声音暗哑、粗涩，像一阵风从砂纸上挤过去。怎么会这样？睡觉之前还是好好的，我还和一个女人通过电话，一切如常，我用自己温和的男中音，成功地将那场通话带向了我所希望的氛围，并且将那样的氛围一直延宕进了梦中。接听这个深夜来电，我的声音却突然发生了转变。我惊悸于自己声音的无端转变和转变后心情的无端颓废。我试着让自己清醒一些，调整卧姿，使脖子舒展开，又"喂"了一声——似乎好了点，但依然令我感到陌生。电话却被那边的人挂掉了。我怔怔地靠在床头，觉得一下子枯萎了，有种一落千丈的下坠感。我是一个相信生活中充满了隐喻和启示的人。深夜打来的电话和自己突然的变声，都令我陷入到阴郁的猜测之中。我用力地咳嗽了两声，电话铃声又响了……

这个电话就是茉莉打来的，时隔二十多年，她向我汇报："我打电话给你，是想告诉你周又坚失踪了。"

周又坚是我大学时代的朋友，她的丈夫。

而刚才，时隔三年，她坐在我的对面，隔着张铺有台布的桌子告诉我：她的儿子周翔也在三天前失踪了。

"茉莉，"我顿一顿，"别这么说，你没什么需要被我原谅的，谈不上——"

"我知道！可我必须这么说，晓东，我快崩溃了！"

看得出，她的确是快崩溃了。在打断我之前，她放在桌面上的左手攥成了拳头，不自觉地砸了一下桌子。

我将那杯柠檬水向她的手边推了推，"喝口水，茉莉。"

她动作凶直地举起水杯，喝了一大口，别过头去的时候，用另一只手的手背恨恨地抹去了我尚未看到的泪水。

我说："你来找我没错，起码，把一切说说也好。"

我这么说不过是想令她的情绪缓和下来。我一直盯着那只被她攥紧的水杯，几乎已经看到了这只水杯在她紧张的手里破裂时的景象。

"晓东，你别安慰我。"攥着水杯的手松懈了一下。她手背上的血管依然突兀。

"当然，光是说说解决不了问题。"我尽量在措辞，"我想，事情可能没那么糟糕，周翔离家不过才三天……"

"三天还不够吗！"她立刻又剑拔弩张了，"周又坚也是从三天失踪到三年的！"

我将那只水杯从她的手里拿掉，放在一个自认为安全的距离外。"不一样的，茉莉。周翔只是个孩子，你知道，男孩子在这样的年龄，跑出去疯几天是很正常的事，我在这个年龄的时候……"

"当初周又坚失踪你们也这样说——一个成年男人，跑出去疯几天是很正常的事！周又坚一个成年人说丢都丢了，何况一个孩子！"

我闭了嘴，知道在她这样的情绪之下，我是无法说完整一句话的。

"周翔的确只是一个孩子啊，你别看他长得那么高，再过三天，他才满十四岁……"听不到我接话，她的声音自然减弱了下去，同时不自觉就去伸手够那只水杯了。

我吃惊地发现，那只水杯原来被我夸张地放在了一个不可思议的距离。她几乎将上半身完全趴在了桌面上才如愿以偿。我喝了口咖啡。柠檬水是她自己要的，在我的理解，她是避免让自己喝到刺激性的饮料。我们坐在一家咖啡馆里，窗外可以看到一截浑浊的河水，对岸寸草难生的山陵掩映在楼群背面，一点也不美。此刻是五月的最后一个周末，早晨十点，这地方像是被我俩包下了一样。一个系着格子围裙的女招待在拖地，偶尔抬起头，脸上仿佛只长着一双惺忪的睡眼。

"这次真的不同，周又坚失踪时我也很焦灼，但是这次，"她绝望地说，"晓东，我真的感到了绝望!"

我用手捂在她握着杯子的那只手上,心里衡量着丈夫与儿子在一个女人心目中分量的差别。我相信她的话,我相信她的绝望。

三年前,当她在深夜再次将电话打进来时,并没有立即进入正题,而是先和我散漫地聊了起来。我"喂"了一声,她在电话里迟疑地问:是……晓东吗?我说:是,您是?她说:哦,我还以为打错了——你的声音怎么变得一点都不像了呢?我说:是,我也吓了一跳,很突然,一点前兆都没有,就这么说变就变了。不过你的声音却没有变,我听出来了,你是茉莉。她的声音轻快起来:真的吗——真的一点都没有变吗?我说真的真的,心情随之明朗,混合在残存的睡意里,逐渐形成一种黏稠的、甜兮兮的情绪。我用这种情绪去回忆她的样子,她也就变得黏稠的、甜兮兮的了。她的脸庞、腰肢,晃荡在乳沟间的十字架，都以一种糖的气息从遥远的大学时代飘进我的脑子里。我想，现在的茉莉，一定比从前更具魅力，应该像一把名贵的小提琴了吧，足以在上面演奏出动人心弦的乐章——快四十岁了，她的身体应该已经在岁月这所大学毕业了。我们顺着"变与没变"的话题聊下去。茉莉的语气有些兴奋，女人们总是乐于听到自己"没变"。我们聊起一些陈年往事。大学毕业后我们很少见面，虽然生活在同一座城市，也只是知道对方的下落，偶尔通过几次电话。我心里有些隐隐的不安。首先，我的声音仍旧异常，仿佛被一只柔软的手扼住了咽喉，不蛮横，却壅塞住了气流，令我发出的每一个音节都像是叵测的阴谋；其次，在深夜里和茉莉轻松地追忆从前，总觉得有什么困难的东西被有意忽略了过去。后来，聊到一些我们认识的人时，她突然沉默了。噢，我想起来了——她恍恍惚惚地说，我打电话给你，是想告诉你周又坚失踪了。我艰难地问道：失踪了——谁？——周又坚吗？她说：是的……好端端就从单位里消失掉了……谁也说不准他去了哪里……已经整整三天了……

那时候她的语调像是在梦呓，绝不像现在这般"绝望"。

彼时我下意识地往被子里缩了缩，那种不着边际的黏甜感洪水一样退却。是啊，是啊，怎么会把周又坚忘掉呢？他是我的老同学，曾经的朋友，茉莉如今的丈夫啊。困难终于浮出了水面，像洪水过后裸露的废墟。茉莉搞清楚了她的目的，一下子变得沮丧，声音也跟着发生了变化，语气中性、标准，有些像电视里的播音员，令我无法和自己所熟悉的那个茉莉联系起来。她说她准备来我家里一趟，具体说说关于周又坚的事情：你那里，方便吗？我机械地回答道：我？现在吗？方便方便，你——过来吧。

此刻像是发现我走了神，她有些不满地将自己的手从我的掌下抽了出去，短促地敲击着桌面。"我已经报了案，也向学校反映了情况。"

"他们怎么说？"

"怎么说？完全和你说的一样！——男孩子在这样的年龄，跑出去疯几天是很正常的事！"

我耸耸肩，感到有些羞愧。羞愧什么呢？不过是因为我居然说出了和大家一样的话。要知道，这很难得。也许是羞耻感使然，我在一瞬间奇思泉涌。"茉莉，你想一想，有没有这种可能——"我多少有些激动，"周又坚回来了，他们父子联系上了，然后，周又坚就带着儿子出去散散心？"

她定定地看着我。

"这不是没有可能——周又坚回来了，他极有可能先去学校找儿子，父子俩在校门口拥抱在一起，然后怀着激动的心情去外面玩上几天。周又坚可能是急于要补偿儿子吧，而且你也可以想象，人在激动的情绪中难免丢三落四的，所以他们忽略了可能带给你的不安。"我首先已经激动得有些丢三落四了。

她依然定定地看着我，手中开始转动那只水杯，不由得要让我感到她会随时扬手将剩下的那半杯水劈面泼向我。这个想象必然令我更加羞愧起来。我希望她不要开口，就让我自己闭上嘴好了。但是，在她这里，哪里会有这样的好事？

她说："别说了晓东，你别说了。"

我向后靠进沙发的椅背里，深吸一口气。"好吧，"我说，"茉莉，让我们好好把这件事梳理一下。"

她现在却是不动声色的了。她就那样看着我，转动着水杯。那目光，堪称怜悯。

　　我又要了一杯冰咖啡。尽管喝得颇有声势，茉莉那杯柠檬水却似乎永远也喝不完。经过一番"梳理"，我大约勾勒出了一些轮廓：初二男生周翔，学习成绩优异，没有不良习惯，性格也算不上孤僻，总之，他父亲失踪三年这个事实，似乎没有给他的成长带来能够被观察到的阴影；但是三天前，这个男孩却离家出走了。

　　"他放学后先回了家，保安告诉我，他们在傍晚的时候看到周翔进了小区。而且我也发现他的确是回了趟家——冰箱里的火腿肠少了一大截。他走的时候，应该还背着自己的书包，里面的书本却都放在家里了——他完成了当天的作业。对了，他还拿走了我的一部手机。"

　　"手机？裸机吗？"

　　"有卡，可以正常使用。"

"你没有拨打这部手机？"

她不回答，侧身从皮包里摸出手机，拨通某个号码后，打开扬声器放在桌面上。手机里一个空洞的女声说道：对不起，您所拨打的用户已关机……

我不免又有些跑神儿。我在想，她干吗要用两部手机呢？"你是几点回的家？我是说，从保安看到他进小区，到你发现儿子离家出走了，这段时间，有多久？"

"嗯，大约有五个小时。"

"五个小时。"我像是将这个时间段放在天平上称重似的复述了一遍。我的心里面在运算：从傍晚顺推五个小时，会是几点？

她的脸色有些窘迫。"不是这样的，我回家是比较晚，但这不是他离家出走的原因，这个我知道。"

"这个你知道？但你却并不知道他离家出走的

原因是什么。"

她点点头，已经有了委屈的表情。

"火腿肠少了一大截。那么，平时周翔放学回家后，都是自己弄晚餐的吗？"

"你什么意思！"她喊起来，"你是说我没有照顾好他，他才离家出走的吗？"

"不是，当然不是！"我立刻后悔了，"我只是想把事情了解得更全面些。"

"晓东，不要问我这些问题，我知道你是怎么想的。所有人都这么想——周翔没了父亲，而我对他照顾得又很不周到，所以孩子就跑了——看吧，这不是明摆着的吗？可你不是'所有人'，这才是我来找你的原因。晓东，我不想在你这里也被简单、粗暴地判断。"

"好的茉莉，相信我，我一点没有将这件事情归咎于你的意思。"

"也请你相信，我们母子之间的感情，不逊于任何母子！周翔他很爱我，有时候，甚至是怜惜我……"她用双手蒙住了自己的脸，肩膀觳觫着。

我想去安抚她，坐过去，揽住她的肩膀，或者至少递一张纸巾给她。但是我没动。这时候，我才多少感觉到了这件事情的严峻。我相信周翔是一个懂事的孩子，他爱自己的母亲，有时候，甚至是"怜惜"她，于是，这反而令他的失踪一下子变得堪虑起来。

"儿子这么懂事，你就更要放松一些。他既然带走手机，也许正是为了方便和你联系。"我说。

"那他为什么不开机？"她放下蒙在脸上的双手，像一个儿童般地看着我，"难道，他是在和我捉迷藏，一切不过是一场游戏？"

我一时无语。我岂敢如此轻慢这件事情，将一切视为一场儿戏？我面前的这个女人，在心里被我唤作"茉莉"已经二十多年了。她的丈夫在三年前不告而别，起初，大家一定也是用这样的说辞来开导她的。但那个游戏太漫长，一玩就玩了三年，并且至今结局渺茫。那么，谁还敢于对她说：亲爱的，又一个游戏开始了！我面前的这个中年女人，在我眼里，此刻就像一个被扔在了旷野中的小姑娘，蒙着眼睛，双手四处探摸着自己的亲人，置身于命运悲伤的"捉迷藏"里。

我说："现在还不能确定。孩子们到了青春期，就是这么让人无法捉摸。不过，凭我的直觉，周翔一定会平安回来的。"

"真的吗？"

我认真地点点头。她似乎吁了一口气，但仍然眼巴巴地望着我。

"这件事就交给我吧。"我也不知道自己是从何处而来的依据，"我保证，无论如何总要给你一个答案。"其实我的下一句话差点脱口而出，我想说：活要见人，死要见尸。

"晓东，谢谢你，"她再一次黯然下去，"有你这句话，我就已经很安慰了。"

在内心里，我不能接受她将我的态度只视为一句安慰的话，然而，话一出口，我就已经知道，我所表的态，就像方才她手机中的那个女声一样空洞。

她说："再有三天，就是儿子的生日了——"

"也许他就会在那一天回来。"

"老实说，这正是我现在唯一的盼望。"

"孩子选在这样的时候离开家，一定不是偶然的，也许，在他的心里有着一张时间表？我是说，他也许有着自己的某个小计划。"

"呃，计划……"

"当然，现在我们对此一无所知。但我们该同样相信这个孩子。"我找着话题,"我想知道,往年你都是怎么给他过的生日?"

"往年?"她垂下眼思索,"基本上都是在家里过的,买块蛋糕,再加上些其他礼物,手表、运动鞋什么的。"她的眼睛张望了一下我,迅速又垂了下去,似乎想要飞快地遮盖住什么,"没什么特别的,他好像对自己的生日也不太在乎。"

我又忍不住问道:"你呢,你在乎不?"

"晓东,我承认,我这个做母亲的在这种事情上不够用心。是的,有许多重要的事情,都被我们敷衍过去了。"她直视着我,"这就是我们的悲哀。不是吗?有多少曾经以为会永远刻在记忆里的情感,最终都烟消云散。"

我想她是转移了话题,但又感到她的确言中了某个真谛。我们就是这样的大而化之。我们就是这样的容易遗忘与忽视至关重要的事物。

"明天我去他们学校再找找线索，接触一下孩子的老师和同学。"我让时间过去了片刻，"当然，我不是怀疑你没有认真做这些工作。我想，我们的角度可能不同，没准，我能找到些方向。"

"晓东，你能这样做我很感动。我来找你更多只是想谋求些精神上的支撑，我不会荒唐到将不切实际的担子压在你的肩头。"

"我明白。"

"不，你不明白。其实，怎么说呢，你一直都不明白我。"

"茉莉。"

"有时候我自己都不明白自己。刚才我对你否认自己应当对儿子这件事负有责任，其实我知道，那是自欺欺人。儿子突然离家出走，一个做母亲的，怎么会没有责任？"

我安静地听着，似乎知道她接下来还有话

要说。

"说起过生日，三年前周翔过生日我带他出去玩过一次。"她说。

"去哪儿了？"

"西安。"

我在心里默默合计——三年前。"那时候，周又坚还在家吧？我记得周又坚出事是在九月份了。你们一起去的西安？"

"没有，只有我和儿子。"

"呃，周又坚为什么不一同去？"

"他这个人你是了解的，还需要问吗？"

他这个人你是了解的——我不得不重新在心里爬梳起周又坚这个人来。周又坚是个怎样的人呢？三年前的那个深夜，放下电话后，我有些迟钝。在等待茉莉到来的那段时间，我的脑子里渐渐充满了一个男人愤怒的叫喊。是啊，我想，周又坚就是这么一个怒吼着的男人，他总是令人猝不及防地从沉默中拍案而起，对生活进行激烈的斥责。他不宽恕，一个也不宽恕。

上大学时，有一次我陪周又坚上街买一件外套。同行的还有茉莉，那时候，她是我的女朋友。三个人转了大半座城市也没有选到合适的，原因很简单，周又坚觉得从他眼前经过的每一件外套都太贵了。就这样，我们从日出走到日落，看着周又坚一次次脱下他那件皱巴巴的夹克衫，又一次次穿回到身上。这番周而复始的动作对于周又坚严酷之至，他需要不断敞胸露怀着暴露自己。他贴身的背心已经让人看不出是白色的了，很紧地扎在一根磨出了毛边的棕色皮带里，令人莫名地心酸。周又坚的脸色越来越难看，从灰，到白，到惨白，额头上也渗出大颗的汗珠。我想，也许不该叫上茉莉一同出来，有她在，周又坚才会这么难堪。我这么想的时候，就看到茉莉的脸色也是惨白的。后来我猜测过，也许这两个人早已经背叛了我——并且我也有所察觉，于是我叫上了茉莉，不过是为了让她目睹周又坚的狼狈相（这是虚构吧？学生时代的我或许不具备这样的智慧）。后来在一家路边店周又坚被逼到了绝境，他那件破夹克衫的拉链拉坏了，卡在最下面，怎么也拉不动。他咬牙切齿地用力往上拽，眼睛都红了。这真让人难过，世界仿佛骤然停顿，只是被一粒小小的拉链卡住。和拉链搏斗良久的周又坚突然凝神望向一边。我和茉莉也回过头和他一起望。身后有一对恋人重新令世界启动，他们在吵架，大意是女的在抱怨这种路边店没什么好货色，只会浪费时间，而男的呢，在赔不是，说自己错了。我正在想这没什么可看的，周又坚却大吼了一声，调子尖利怪异，把所有人都吓了一跳。他放弃了那粒恶劣的拉链，向前跨出一大步，愤怒地向着那个妥协的男人怒吼道：你错在哪里了？你错在哪里了！难不成进这种路边店就是错的了？更令人惊讶的是，周又坚突然讲不下去了，喉咙似乎被死结套紧，勒住了。他的眉毛嘴巴一起抽搐，声音在肚子里翻滚，被禁锢住，像炸药爆破前酝酿着威力。我觉得这太莫名其妙了，过去阻止周又坚，手刚碰到他的肩膀，他就嗵地倒了下去，身子僵直地绷住，双手痉挛着勾在脖子上，像是要把自己掐死。所有人都被吓得魂飞魄散。蹲下去凑近他的我更是被吓坏了。他口吐白沫，嘴唇闪电一样令人目不暇接地来回翻阖。我用力掰着他的两只手，企图把它们从他的脖子上分开，将他肚子里的声音解放出来，可是他的双手像磐石一样不可动摇。一些气声从他的喉咙挤出来，发出下水管即将疏通时的声音。"周又坚——"我听见茉莉绝望的叫声。周又坚的双手在一瞬间神奇地松弛了："哦——你错在哪里了……"他的声音苍老得像一条垂危的老狗，异常诡异，一直蛇游在我的记忆里，令我在三年前的那个深夜回想起来，还是缩紧了身子。我想，的确，他们之间一定早有了关系，喏，周又坚在叫喊，茉莉就在天使的序列中听到他，然后一声回应的呼唤，就将他拯救了出来。

这件事之后，他们就走到了一起。我同时失去了朋友和恋人。原来周又坚患有癫痫，这个痼疾本来早已控制住，却被茉莉重新激发了，如果那天没有她在身边，周又坚就不会被屈辱所折磨，就不会被迫发出最后的吼声。这以后，周又坚开始了频繁地发作，他时常会在沉默中突然厉声断喝，对着四周不一而足的诸般谬误慷慨激昂地痛斥，然后，口吐白沫地倒下去。他因此差点毕不了业，因为除了茉莉，他几乎痛斥了身边所有的人，包括正在台上作报告的系主任和正在食堂里视察的校长。只要大家发言，总是有被他揪住辫子的可能。临毕业前的那年夏天，一场疾风骤雨不期而至，这个以呐喊为己任的人，更是站在了风口浪尖里，他不断昏厥在街头。周又坚绝不通融生活中刺耳的声音，他要用更加刺耳的声音去覆盖住噪声。这样一来，茉莉当然有理由甚至有义务和他走到一起了。在那个理想主义的年代，我认可这样的理由和义务，也认为自己没有周又坚那么爱茉莉，爱到和整个世界对立起来的地步。我只是想知道，这两个人究竟是从什么时候背叛了我、背叛到了什么程度。

令我耿耿于怀的是，当茉莉还是我的女朋友时，她对我的那种极力抵抗，用手，用脚，有一次甚至用了牙齿。她只允许我触及她的胸部，其他的一概免谈。和她谈了一年多时间的恋爱，对于她的身体，我只留下了这样的记忆：两只紧握住的拳头一样的乳房，以及一枚悬挂在乳沟间的十字架——

茉莉信仰基督。当两只乳房悬于十字架之侧时，也就只是乳房，不恰当地使用，一只就成为罪，一只就成为罚。我的父亲是一位制作小提琴的大师，我从小就生活在试琴的嘈杂声中，由此，恋爱的时候，我觉得茉莉的身体之于我，就像一把没有完成的小提琴，怎么拉，都是艰涩的。失恋后，我最不愿意想象的是，茉莉这把小提琴，也许早已被周又坚和谐地拉响过了。这么一想，我就不可避免地有些恨意，而且从此对女人们都不那么放心了。有段时间，我很排斥女人，后来渐渐不排斥了，也只和她们上床，有几次遇到抵抗我的，我就来硬的，坚决地拉响她们，结果也得逞了。我想，如果当初对茉莉也来硬的，那么她的抵抗也将是徒劳的——可是，为什么我没有对茉莉来硬的呢？

我在三年前等待茉莉的那个深夜，这么想着，就有了一些忧伤。

女招待过来问我们需不需要点餐。我看看表，已经是中午了。我征求茉莉的意见，"吃点吧？"

她摇头。

"是吃午饭的时间了，"其实我自己也并不觉得饿，但我说，"饭总是要吃的。"

她依然摇头。"我吃不下去，三天来我几乎一口都吃不下去。"她的状态倒不像是饿了三天的样子，只是略显憔悴，眼睑下有一抹不易觉察的阴影。"每当我准备吃点什么的时候，我就会立刻想到——周翔现在吃了吗？"

"呃，对了，他身上有钱吗？"我问。

"有。他自己有张卡，平时的零用钱都存在里面，而且开通了网银，我在网上查了，里面还有几千块钱的余额。"

"能查到这三天他的支出情况吗？"

"这三天他没用这张卡。但他出门前，从 ATM 机上取了五千元。"

"你看茉莉，周翔把一切都做得有条不紊，这说明事情是在他的控制当中。"我沉吟着，"当然，他还是个孩子，不满十四岁，但如今的孩子们有时候又老练得出乎我们想象，他会照顾好自己的，甚至比我们照顾得还要周到。"

"但愿是这样。"她苦恼地说，"可我还是不明白这一切都是为什么？"

"现在我们无法推测原因，只能假想事实。而这个事实，我认为是可以乐观的，那就是，这孩子不会有什么危险。"

她好像是被我说服了，接受了我的建议，同时也接受了一份素什锦饭。我要了一份黑椒牛柳炒意粉。

"你不用回去陪你妻子吃饭吗？"她突然恍悟到

什么，"晓东，我不想你因为——"

"你想得太多了。"我抬头凝视她。我要承认，时至今日，她依然是一个能够深刻打动我的女人。她的皮肤并不白皙，在我看来，却黑得很动人。

我埋头吃饭，在黑胡椒的辛辣之中，沉浸于三年前的那一夜。我在三十多岁时做了教授，身边当然不乏女人，但那时我却依然独身，只养了一只名叫"上元"的蝴蝶犬在身边。我将这种状况视为大学时代留给我的后遗症。三年前那个大雨初霁的深夜，茉莉敲响我的房门，上元从酣眠中惊醒，情绪受到刺激，骤然狂吠了起来。它愤懑到了极点，疯狂地堵在门口，冲着门外的女人声嘶力竭地吠叫。我不得不把它拖到阳台上禁闭起来。它在阳台上依然激动，吠声盈天，使得黑夜更加的黑。茉莉穿着件窄肩的连衣裙，下摆很宽松，浅咖啡色，配合着她的肤色，像一把优雅的小提琴嵌在幽暗的门框里。我们两人目光对视的一刻，谁也没有流露出诧异。多年未见，在我眼里，现在的茉莉就应该是这副样子的——腰身流畅，终于成型；那么在茉莉的眼里，我也只能是现在这样的我吧——双颊下陷，却小腹微凸。

在那个夜晚我们进行了淋漓尽致的演奏。那枚十字架从茉莉的胸前消失了，也许是她已经丢弃了信仰，也许，乳房已经真的成为名副其实的乳房，坚硬起的乳头，成为深褐色。她的身体如琴身一样和谐，奏响之后发出的声音如一道匪夷所思的光芒将我笼罩——但实际上一切都是在无声地行进：我可以感觉到她起伏的波动，却听不到她的声音。只有上元在阳台上悲愤的吠叫此起彼伏。这使得我产生出难以置信的幻觉，仿佛上元的叫声是来自我身下的茉莉，我是在和一条蝴蝶犬交媾。我沉溺在一片凄凉却又迷人的乐章里，整个世界仿佛都陷入在一场辽阔的交响乐中。

之前我们几乎没有任何语言的交流。我关上门回过身来时，发现她紧紧地贴在我身后。"我很孤独。"她说。她的头垂着，恰好抵在我的胸口。我去挽她的手，感觉到她的手指纤长，舒服凉爽。她的眼里噙满了泪水，在卧室散布出来的光里熠熠闪烁。事后我想，如果这一次茉莉依然抵抗我，用手，用脚，用牙齿，我会不会就来硬的呢？"给你打电话之前，我感觉特别不好，突然很想你们……"她伏在我的胸口说。我听出来了，她说——你们。"我很害怕……周又坚走时留在餐桌上的一只杯子，突然被我打碎了。之前我一直没有动它，就那么一直放在原来的位置上……但是今晚，我突然想把它拿起来，我一碰它，它就摔在了地上，但我竟然没有听到它摔碎时的声音……"她的声音太低了，完全是在呢喃，被上元凶蛮的吠叫掩盖住，几近哑语。

我努力倾听，也只听出了个大概。她大概讲了：周又坚是在三天前突然失去了踪迹，没有任何线索可以提供出他所去的方向。他好像直接走进了世界的背面。周又坚单位的领导也感到震惊，打电话去他的老家，没有得到任何消息，反而招来了一帮穷亲戚向她兴师动众地要人……已经报了案……她甚至去医院的太平间辨认过无人认领的野尸……茉莉说，她梦到他还活着，又犯病了，在梦里面向她咆哮，然后口吐白沫地倒下去……

其间我想问些什么，可刚要开口，就被一阵恐惧攫住，虽然尚未出声，但我仿佛已经听到了那种令自己陌生的腔调：喑哑，粗涩，像一阵风从砂纸上挤过去。我惧怕自己用这样的声音发言，非常怕。在那个夜里，我把一些问题噎在喉头，渐渐地有些眩晕，开始分不清究竟是恐惧还是茉莉的头压得我难受。我感到自己要睡过去了。睡着之前我想，明天自己该怎样给学生们上课呢？一个教授，一个靠语言吃饭的人，嗓了声，那将意味着什么？第二天清晨，我从刺耳的犬吠声中醒来。茉莉已经起来了，穿戴整齐，坐在客厅的沙发里。看到我醒来，她就起身告别了："早上好，我要走了。"我把她送到门口，回屋后直接去了阳台。上元瑟缩在阳台的一角，看到我立刻停止了悲鸣。我过去抱起它，看到它嘴边的白毛上挂着几缕淡血。它叫得太激昂太奋勇太持久了，以致叫破了嗓子——如果它叫喊，谁将在天使的序列中听到它？我从窗子望出去，夜雾未散，世界如同凝固于时间之外的远古荒原。我看到茉莉钻进了一辆银色的标致车，车子过了半天才启动起来。我回到屋里，打开了电视。一天的节目刚刚开始，电视上端庄的女播音员不露痕迹地微笑着说："早上好……"声音和茉莉的如出一辙。

我们分手的时候，时间尚早。我目送着她离去，在咖啡馆里又多坐了一阵。我从临街的窗子望下去，再一次看到她钻进了那辆银色的标致车里。车子启动了，引擎声微弱，有气无力，给我的感觉像是一个饿了三天肚子的人。它的女主人即使快要崩溃，也依然有着外强中干的风度，而它被这样的一个女主人驾驭着，终于暴露出了真相。

女招待过来结账，天经地义地要求我以少收两块钱的优惠放弃索要发票。"还不到两百块。"她的意思是这个数字小到不该好意思弄得很正规。

但我却少有地认真起来。我突然很想正规地活着，不敷衍，不抹稀泥，不大而化之。我要我的发票。发票拿来了，她给了我两百元的面额。这又是一件只能敷衍、抹稀泥、大而化之的事情——我如何才能把多出的差额退给她呢？的确，我们活在一个没有规矩的世界里。

我沿着滨河路往回走。兰城被一条大河分为了两半，往复在河的两岸，时常会令我有着一种"度过"的心情。

沿着河走，三年前发生的那些事情，开始在我的心里回放。我说过，我是一个相信生活充满了隐喻和启示的人，现在我期望从回忆中捕捉到生活的破绽。回忆在我的回忆中逆转为现实。

三年来，我的生活发生了诸多变化。最显著的是，我结了婚，话少了，变得乐于沉默，除了应付教学，其余时间我都尽量避免开口。这样做的结果，首先，学校对我的评价降低了——我能在三十多岁做上教授，很大程度上是依靠夸夸其谈的作风。标准的男中音，滔滔不绝的废话，曾经为我赢得过普遍的赞誉；其次，我生活中的女人减少了。

没有语言，就意味着没有女人——即便是两只鸟儿交配，都有啁啾的唱和呢。那些曾经的女人如今只留下了一个，是一位离过婚的政府公务员，她成了我的妻子。我选择了沉默的姿态，客观上，是由于我的声音发生了令自己不能接受的转变，我厌恶从自己的嘴里发出陌生的声音；主观上，当然是茉莉的出现了。我在茉莉离开的那个清晨认识到，原来我一直爱这个黑皮肤的女人。有了茉莉，其他的赞誉或者女人，好像就都不重要了。

贰

东方中学是一所私立学校。我到那儿时正是早上最后一节课的时候。周翔的班主任是位和我年纪相仿的女性,她恰好没课,在办公室里接待了我。

她指了张对面的椅子给我,问我:"你是周翔什么人?"

"算是叔叔吧。"我思忖着,面前这位女性,年龄与我相仿,履历或许也与我没有太大的出入吧。我们这代人,如果受过大学教育,人生难免都会有一些"按部就班"的意思。"我和他的父母是大学同学,"我暗示她,"您一定能理解这种大学同学之间的情谊吧?"

她果然笑了笑。墙上挂着的奖牌证明她是一位

"市级优秀教师"。

我说:"周翔的父亲是我大学时代最好的朋友,周翔在这个意义上,几乎像我的儿子一样。"

"呃,是这样。"也许是我的暗示起到了作用,女教师和我之间似乎真的少了些交流上的障碍,"周翔的父亲有音信了吗?这几年你们一直还在找他吧?"

"总是要找的。"我回答得模棱两可,毕竟,我来到这间办公室,为的是周翔,而不是他的父亲周又坚。

"我在想,周翔的出走,会不会和他的父亲有关?当然,这只是我的猜想。"女教师说。

"这种可能性是存在的。但我们目前一无所知。您是周翔的班主任,能不能跟我说说周翔平时的表现呢?也许,我们从中可以找到些线索。"

"我能掌握的情况和周翔的妈妈都说了。其实很简单，周翔完全是一个品学兼优的孩子。"但她说话的表情却不是那么简单，我想她还保留着什么自己的看法。

"自己的学生突然离家出走了，您很惊讶吧？"

"当然。不过好像也感到有些像情理之中的事。"

"呃？"

她却笑一笑，闭口不答了。

我说："您对自己的每一个学生，除了在学生手册上写下的那些评语，内心里一定还有些更感性的认识吧，比如说——直觉。"

"你怎么知道？"

"也是直觉吧。忘了告诉您，我也是做教师的，对于自己的学生，林林总总，他们每一个人都能给我留下些不能用评语来概括的气息——"

"对，这种气息在周翔身上格外浓厚。怎么说呢？这个孩子实在是无可挑剔，从成绩到性格，都非常健全，但结合着他家里面的变故——我是说，他父亲的事——我有时候又会觉得……嗯，他有些太无可挑剔了。"

"嗯？"

"这孩子的表现只有两种可能——要么他是有些没心没肺，要么他是在竭力掩饰着什么。我这么说，前提当然是建立在对于他这个年龄的孩子来讲，父亲失踪，必然是要受到情感上的困扰。在他身上我却看不到一点这种困扰的痕迹。无论是没心没肺，还是竭力在掩饰什么，这两点其实都是值得担忧的。"

"是，您的直觉没有错。"我说，"这些感觉，您对周翔的妈妈谈到过吗？"

"没有。作为一个母亲，我不想增添另一个母亲的忧虑。毕竟，孩子品学兼优的事实是客观存在的，而我们的直觉，却无法得到检验。"

"感谢您对我说出了您的直觉。"我对眼前的这位女教师好感陡生。她是我的同龄人。我们这代人，大学阶段遭遇过一个疾风骤雨的夏天。每当我对一个同龄人陡生好感的时候，都禁不住想问一问对方：走出校门后，这些年您是否一切安好？但我显然不能这样来问候她。"您能告诉我学生中有和周翔关系比较要好的人吗？"

"有一个，我已经告诉周翔的妈妈了，"接着她说出的名字吓了我一跳，"刘晓东。"

我以为她是在叫我，半天没有明白过来她的意思。我就叫刘晓东。

"谢谢！"我向她道谢，心里很想和她握握手。

十多分钟后，我在校门口蜂拥而出的学生中等到了这个和自己同名同姓的孩子。现在的孩子们长得真是很高，在他们面前，我一点也找不到一个成年人应有的优越感。

"刘晓东？"我看着眼前的这个大男孩，受到这个名字的蛊惑，不恰当地幻想着自己是在面对一面镜子。

"叔叔好，老师告诉我了，说你在等我。"男孩很大方，双肩书包被他用单肩背着，将肩头压出一个有些桀骜的斜度。

"嗯，是什么事老师告诉你了吗？"

"我们就在这里说？"他反问我，显得非常老到。

"当然不，"我摆出一副很懂规矩的样子，"咱们找个地方。肯德基？对了，你是不是要急着回家？"

"我中午不回家，来不及，家里也没人做饭。"他补充说，"我们都不回家，周翔也不回。"看来他了解我找他的意图所在。

"不回家你们怎么吃饭?"我说。

"小饭桌,我和周翔在小饭桌吃中午饭。就在那栋楼,"他给我指指路对面的一栋楼,"吃完还能睡会儿午觉。"

"那今天就不去吃小饭桌了,可以吗?"

他不置可否,冲我摆下头,自顾向前走了。我跟在他后面,两个"刘晓东"行走在业已露出狰狞暑意的初夏里。

走出半站路就有一家肯德基店。同样是一前一后,那个刘晓东自顾进了店门。他找了空座坐下,我这个刘晓东很识相地去点餐。怕不合他的口味,我尽量多点了一些品种,心想总有一款会适合他。

满满两只托盘的食物摆在桌上时,他皱眉了。"你太过分了,"他批评我,"能吃得下吗?"说完他想起了什么,脸上全是笑意。"我们学校有个初三男生，看上了一个初二女生，邀请人家来肯德基吃东西，一下子点了五百块钱的，这都成我们学校的笑柄了。你这些花了多少钱？我看也差不多够那个数了。"

我明白他所说的"那个数"并不是指"五百块钱"，而是指"笑柄"这样一个指标。"嗯，差不多了，"我抓起一块汉堡，"实际上，咱们现在的关系，就和那对男女同学差不多。我可以算是一个追求者，你呢，算得上是个傲慢的女生，我有求于你嘛。"

"喊，"他显然不愿意做一个女生，"你少来。"

"知道吗，咱们俩的名字一模一样。"我这句话的确像是和人套近乎的假话。

"是吗？"他一点也没有被勾出兴趣的样子，"这不稀罕，只能证明我们都叫了一个多滥的名字。"

我感到自己被噎了一下。"说说吧，周翔平时都跟你聊什么？"等到他也抓起了一块汉堡，我才不失时机地发问。

　　他却问我从他们老师那里问出了什么没有。我说我不知道，应该是没有，否则我不会再来找他。

　　看得出，为此他有些孩子气的得意。

　　"聊什么呢？"他说，"能说的我都跟他妈妈说过了，理想呗，知识呗。"

　　"别敷衍我，你都吃我汉堡了。"

　　"呵呵，"他笑了，"你是一个怪蜀黍。"

　　我庆幸自己还能听得懂这样的网络语言。"就算是吧，你今天就认栽吧。"我说。

　　"好吧，我们在聊科学。"我感到他现在嘴里吐出的这个"科学"，不同于前一句的"理想"与"知识"。"学校教的那些课程没劲，我俩对更高级的知识才有兴趣。"他满不在乎地说，"智商高，这也是没办法的事。我们老师跟你说没？在学校，周翔的成绩是年级第一，我呢，屈居第二。"

"这个倒没说。"

"不说也罢。对付那些功课，也不值得说什么。"

"嗯，说说你认为值得说的。"

"我和周翔目前对海洋科技比较感兴趣。"

"海洋科技？"我郑重地重复一遍，为的是再确认一下，"具体有哪些方面的知识？"

"你听不懂的。"

"没错，我肯定听不懂，你就随便说说好了。"

"比如——等深流。"

"嗯，等深流。"我尽量不动声色，以免暴露出一个教中文的大学教授那种无以复加的浅陋。

"等深流是由地球自转引起的，在大陆坡下方平行于大陆边缘等深线的水流。是一种牵引流，沿大陆坡的走向流动，流速较低，一般每秒 15~20 厘米，搬运量很大，沉积速率很高，是大陆坡的重要地质营力。有人认为等深流也属于一种底流。"

我默默听着，面无表情。

"还是说点我听得懂的吧。"过了一会儿我说。

"法律你应该能听懂。"

"我想应该能。你们还聊法律？"

"是，周翔走之前挺关心法律问题的。"

"哪方面呢？法律哪方面的问题？"

"我们在网上查了承担刑事责任的年龄。"

我埋头用薯条蘸着番茄酱在托盘里画着毫无意义的线条。我觉得自己开始看到了这件事的一些眉目。这依然是一种直觉。如果一个教中文的教授还有什么值得被尊重，那么毫无疑问，敏锐的"直觉"便应当是本钱之一。

对面的刘晓东继续说："我国法律规定，已满十六周岁的人犯罪，应当负完全刑事责任。已满十四周岁不满十六周岁的人，犯故意杀人、故意伤害致人重伤或者死亡、强奸、抢劫、贩卖毒品、放火、爆炸、投毒罪的，应当负相对刑事责任。不满十四周岁的人，不管实施何种危害社会的行为，都不负刑事责任，即为完全不负刑事责任年龄——"

"后天是周翔的生日，你知道吗？"我打断他，"到了后天，周翔就十四周岁了。"

"知道，"他依旧满不在乎，"实施犯罪时的年龄，一律按照公历的年、月、日计算。过了周岁生日，从第二天起，为已满周岁。"他的语气让我吃惊。当他罗列这番法律条款的时候，用的是和解释"等深流"时一样的语气。

"好吧，"我深吸口气，"告诉我，周翔这次离家出走有什么计划？"

"不知道，他没有告诉我。"他眨着眼睛，"不过我知道他去哪儿了。"

"请告诉我。"

"为什么?"

"第一,你吃了我的汉堡。第二,我们只有两天时间了,两天后,周翔就到了负相对刑事责任的年龄。"

这是个聪明的孩子。但毕竟还是个孩子。他并没有将自己学来的法律知识和伙伴的出走联系起来。"你是说——"

"是,"我抢先拦住他的话,怕接下去他说出来的内容反而损害了交谈的方向,"告诉我,周翔去哪儿了?"

接下来我们两个刘晓东离开了肯德基店,用了半个小时来到了一家预售火车票的窗口。男孩的家就在附近的小区里,他说是他陪着周翔在这里买的火车票。但我必须要确认一下。窗口中午不售票。

一个教中文的教授在这样的时刻就学以致用了，我用自己专业性的恳切打动了窗口里的那位姑娘。如今买火车票都是实名制的了，周翔还没有身份证，但他有一个从生下来就附着在他生命里的身份证号码。这串号码由身边的男孩背了出来。窗口里的姑娘在电脑上检索后表示，的确，五天前，是有一张火车票从这个窗口售出。"你真幸运，"姑娘说，"我们这样的终端最多只能检索五天以内的。"

我也真的像一个中了彩票的幸运者，站在初夏的正午街头，百感交集。

"为什么不告诉周翔的妈妈？"我问身边的男孩。

"第一，我没吃她的汉堡。第二，我没想到周翔会有危险。"

我拨拉一下他的脑袋。这个动作不太自然，因为这孩子几乎和我一样高。"周翔有多高？"我问。

"和我差不多吧。怎么，你没见过他？"

"三年前见过，那时候他还是个小学生。"我有些尴尬，突然也有些惆怅。

三年前茉莉深夜造访之后，我们保持了联系。她再也没有来过我的家，她说，她惧怕那只狗噩梦般地吠叫。我也没有去过她的家，同样的，我也惧怕，在她的家里和她做爱，我会怕失踪了的周又坚从床下、从柜子里或者墙壁中跳出来，对我们这对男女进行激烈的斥责。有一次我在街上遇到了她，当时恰好她接儿子放学回家，母子俩迎面向我走来，她的脸上隔着几十米就向我释放出不安的信号。我想我能够理解她，周又坚刚刚失踪不久，她不愿意让儿子看到她生活中的另一个男人。我和这对母子擦肩而过，努力装得像一个路人。她牵着的那个男孩，就这样浮光掠影地和我有过一个照面。

而我，现在在寻找他。

我还是不太甘心，"周翔真的没有告诉你他此行的目的吗，他总不会是出去旅游吧？"

"没有，我不知道。"男孩说，"我以为他是想在十四岁来临之前做一次远行。算是一个梦想什么的吧。有时候我也常常想在成年之前离家出走一次。"

"为什么？为什么会这么想？"

"因为成年之后出走就没意义了。"我为了这句话而有些呆愣。他又说："成年后如果要让出走有点意思，那需要太大的勇气，代价也一定很可怕，比如周翔他爸那样。"

这就说到了周又坚。说到了周又坚，就说到了我心里的痛处。"你们讨论过他爸爸出走这件事吗？"

"说过，周翔说他理解他爸爸。他说只有他爸爸这样的行动，才是和生活等深的。"

"等深？"

"等深流呗，当时我俩正查那方面的资料，我想周翔是顺嘴做了个比喻。"

我给了这个男孩打车回学校的钱。我想我再也没什么可以跟这个男孩说的了。我们都叫刘晓东这么一个滥名字，但我在十四岁的时候，从来也不曾知道，这个世界，会有"等深"这样一个概念，重要的是，它还可以用来比附我们的生活。

我先到了咖啡馆。在等待茉莉的时候，我再一次回顾我们之间的那些过往。

大学时代，我们因为周又坚而分手，三年前，我们因为周又坚的失踪再次邂逅，而寻找周又坚，成了我们最大的借口和理由。在一起时，我们却很少提起周又坚，毕竟，这会令人难堪。我们心照不宣，多少是将周又坚的失踪符号化了，虚挂在我们头顶，让我们的相拥多少具备一些正当性，仿佛两个不幸者在相依为命，而这个不幸，最确凿的来路就是周又坚的失踪。周又坚在我们的拥抱中杳无音信。有一次茉莉打电话，说有消息证明周又坚被邻县的一所收容站收容了。我们一起驾车去了那里。道路曲折逶迤。在那座墙头布满玻璃碴和尖锐铁棘的建筑里，我认为自己见到了此生可以见到的一切残缺者和病痛者。他们勾着头，听话地坐在光秃秃的木板床上，神情纯洁。我和茉莉透过一扇扇腐朽的窗户向里张望。很遗憾，没有我们熟悉和期待的周又坚。其后我们在收容所的墙外，在茉莉的车里，再一次心安理得地拥抱，接吻，仿佛再一次获得了相濡以沫的理由。

我问过茉莉，难道她真的不能说出周又坚离家出走的原因吗？这个问题令茉莉张皇。她语焉不详地告诉我：难道你不知道吗？我们毕业前那个夏天所发生的一切，已经从骨子里粉碎了周又坚。整个时代变了，已经根本没有了他发言的余地。如果说以前他对着世界咆哮，还算是一种宣泄式的自我医治，那么，当这条通道被封死后，他就只能安静地与世界对峙着，彻底成为一个异己分子，一个格格不入、被世界遗弃的病人。她以此作答，我也只能就此听着。那年夏天似乎可以成为我们这代人任何行止的理由，对此，我又能说些什么呢？更令我唏嘘的是，说完这番话后，她向我笑了起来。我看出来了，她的笑容是做作的，应该笑一下，她却笑了两下或者三下，所以就有了夸张的堆砌之感。我不再追问，只能在心里面打上一个问号。

有一次茉莉对我说她接到一个电话，对方却一言不发，她的第一感觉就是，电话那端是周又坚！她说她对着电话叫，周又坚，是周又坚吗？周又坚！对方却挂断了。她问我，你说，会是他吗？

我后来用街边的公用电话打她的手机，接通后我一言不发。她以那种播音员的语调"喂"两声，得不到回应，就挂断了。见面后，我装作若无其事的样子问她有没有再接到那种奇怪的电话，她的反应令我一阵如遭电击般的痛苦——她同样若无其事地摇头。我想，在我面前，茉莉永远都会对一些事情守口如瓶吧，她缄默着，拒绝对我做出响亮的交代。这把小提琴，在大多数时间里，不会让自身顺从于我的聆听。但是，还有什么比她的这种沉默更加喧哗？

当她进到咖啡馆里，隔着铺有台布的桌子坐在了我面前时，我做好了再次面对她那种沉默的准备。

"我想听你说说三年前带周翔去西安过生日的情形。"我开门见山。

说完，我就将目光移到了远处。我以为，接下来会有一段不短的时间可以用来品味她的沉默了。这家咖啡馆吊着锡制的天花板，装修环境呈褐色和银色。吧台前是一排书架，目力所及，我只能看到一本《中国独立诗人诗选》，因为它的书脊最厚，字最大，给人蔚为大观的感觉。居然是《中国独立诗人诗选》。我正欲猜度何谓"独立"。

"怎么？"没想到她回应得很快，一边调整着沙发的靠垫，一边向我询问道，"为什么要问这个？"

"你先告诉我当时的情形，都发生了什么？"我只有收回遐思与视线。

她穿着和昨天一样的衣服，米白色的连身裙，领口闪出细细的项链，一枚麻线状的银质坠饰发出暗沉的光。看来她的状态的确不好，三年前我们交往时，她从来不会连续两天保持同一身打扮。

她向走过来的女招待要了柠檬水。视线转回

来，但并不看我。"我们是周末去的，他还要上学，只待了两天。"她迟疑着，但却不是在努力回忆什么的表情，"我带他去了兵马俑，嗯，还有华清池。"

"你们住在哪儿？"

"当然是酒店了。怎么？"

"在西安，没发生什么事情？"

"没有……应该没有。"

"那就是有了？"

"不知道，我不知道那算不算是一件事情。"

"说说。"

"为什么！"她终于忍耐不住了，睁大眼睛看着我，"晓东你干吗揪住这个问题不放？难道周翔会在西安？"

"是的，十有八九。"我和她的眼睛对视着，看着这个被我称为"茉莉"的女人，心中泛起微澜，"这孩子买了离家当天去西安的火车票。我查了时刻表，那趟车晚上九点五十八分发车，时间上吻合——是在保安看见他进小区直至你五小时后回到家的这个时间段里。"

"你哪儿来的消息？"

"这不重要。"

"不，"她很固执，"你告诉我。"

"好吧，是刘晓东告诉我的。"

"刘晓东？"她吃惊地看着我。

我意识到发生了什么事情，连忙补充："是周翔的同学，你见过。"

她闭了下眼睛。"原来是他。是的，周翔的这个同学名字居然和你一样，我都忘了告诉你。"

"这没什么稀罕的，不过证明了我有一个多滥的名字。"

她有些吃惊地看我一眼。"但这个刘晓东为什么不告诉我？我在周翔离家的第二天就找过他。"

"因为你没请他吃汉堡。"说完我觉得这种话和当前的气氛不太适宜，转口又说，"孩子们有他们之间的道义，互相会替对方隐瞒些秘密，这也是能够想象的。"

"可是周翔为什么要在这个时候跑到西安去？"

"这个时候——你是说十四岁生日前吗？"

"哦，我没想这么多——是，为什么要在这个时候，眼看要过生日了！"

"他想一个人去重温三年前过生日的快乐？"

"不可能！这太离谱了。如果他真有这种想法，应该让我陪着他一起去。"她现在有了竭力回忆的表情，"而且说实话，我并不觉得那一次他有多快乐。他对兵马俑和华清池兴趣都不是很大。"

"我也觉得这种可能性不大。"我喝了口咖啡，将目光从她的脸上移开，为了不使她感到太多的压力，"所以，茉莉你要告诉我实情。我们时间不多了，还有两天。"

"你什么意思？什么实情？为什么说时间不多了？两天？为什么是两天？"

"先不要问这么多，"我依然回避着不去看她，"我也一时无法给你个说明，更多的，我还只是靠着一些直觉。"

"直觉？"

我抬手阻止住她无休止的疑问。"先告诉我，发生了什么。比如，你们见了什么人？"

她木然地沉默了。半晌，才犹疑着开口。"是的，我们公司的总部在西安，去的时候，公司接待了我们。不过我不觉得这有什么太大的问题——"

"先不要说自己的感觉，只说事实，好吗？"

"好吧！"她似乎下了个决心，"那两天公司老总陪着我们。你知道，西安市区和那些景点还有些距离，没人陪着，来去不是很方便。"

"只是陪着去景点吗？"我点点头。

"是！"她的声音提高了不少，"晓东你不要瞎猜，我带着儿子，知道分寸的！"

我不作声了，目光回到她的脸上，忧郁地望着她。这一次，是她在躲避我的目光了。我想忽略她的这个神情，但做不到。我想起，三年前有一天夜里，在宾馆，茉莉以为我睡着了，躲进卫生间跟什么人通电话，声音压得很低。起初我以为是电视里的声音，但是后来她的声音越来越大，似乎已经无法抑制地激动了起来："……不！绝不！为什么让我安静……我就要说，要说！我要说！要让全世界都知道！"她要说什么？我感到她边说边用手在抠喉咙。她痛苦的声音在我听来如同一枚尖锐的针，从耳孔刺入，一直扎进心里。那时我一动不动地躺在床上，想，电话那端的人是谁，究竟是谁让她如此痛苦——周又坚的消失，是否与这一切有关？

我说："你的这位老总叫什么？"

"郭洪生。晓东你——"

"周翔一定不喜欢这位郭总。"

"你怎么知道？"

"还是直觉。茉莉，认真想想，在周翔和这位郭总之间，那两天发生过什么？"

"呃，如果非要说发生了什么，我想那件事可能算得上一件事……"我静静地聆听着，她只有说下去。"从华清池回来的那天，郭总送我们回酒店，在大堂分手时，他……嗯，拍了我一下。"我依旧不作声。"是的，他拍了我屁股一下。"她将游移的目光收回来，以一种堪称坚定的神态和我对视着，"这一幕，被周翔看到了。"

"周翔什么反应？"

"他的反应出乎我的意料。第二天本来说好要去大雁塔，郭总来接我们的时候，他却不肯下楼了。"

我闭上眼睛，开始在心里拼凑这些片段。一切似乎拼得上，但令这些片段咬合在一起的理由，却生硬得令人心痛。

"最让我难过的是，这个孩子和周又坚截然不同，他很少开口抱怨，"她已经说得欲罢不能了，正视着我，然而看的不是我，她看的是自己的往昔，"从西安回来后，他明显和我疏远了一些。那时候周又坚还在，本来平时他们父子间不是格外亲密——你知道，周又坚是那么一种状况——但那些天周翔回到家就去书房陪着周又坚了。为此，我还有些失落。我甚至想，周又坚的失踪，也许和周翔对他说了什么有关……"

"那么，有关吗？"

"我不知道。"

"你知道，我是在问什么，你知道。"

"晓东——"她呻吟了一声,又一次蒙上了自己的脸。

这一刻,我真的感到了痛苦。我很想念周又坚,想念这个从婚姻中自我放逐了的老朋友。不远处的桌边坐着一位客人,背对着我们,我甚至渴望他就是我的同学周又坚,我渴望当他回过头来的时候,我看到的就是一张仿佛无坚不摧的脸,看到他依然穿着当年那件坏了拉链的夹克衫,而那粒伟大的拉链,再一次把世界戛然卡住。

女招待过来给茉莉的水杯添水。我觉得她有些不太友善。她一定认出我了,知道我是一个会索要发票的讨厌的家伙。为此,我居然有些心虚,很想主动告诉她——好了,我投降,今天我绝对不会再索要发票。

叁

我乘上了夜里九点五十八分开往西安的火车。

如果出于时间上的考虑，我其实更应该乘飞机。但我依然选择了这趟火车。怎么说，我的这次寻找都带有一些梦魇的色彩，而在梦里追索，我只能沿着梦的轨迹。我想和男孩周翔走在同一条路上。也许只有这样，我才能将他找回来。为此，我在直觉上就放弃了只争朝夕的态度，因为我觉得男孩在这件事情上透着一种沉着的气息。我仿佛目睹了他离家之日的情形：男孩在傍晚踏着夕阳回家，一如既往，进小区时他礼貌地向保安点了点头；进到家里，他完成了自己的作业，腾空自己的书包，将课本整齐地码放在写字台上；然后，他打开冰箱取出了一截火腿肠，加热后，慢慢地吃下去权充晚餐；也许他还看了会儿电视，大约在九点钟的时候，他认为时间到了，于是不慌不忙地向火车站出发了……

出门前，妻子将我送到了楼下。我告诉她学校临时安排我去西安开一个学术会议。她想把我送到小区门口，我摆手让她上楼了。因为茉莉的车停在外面，由她送我去火车站。蝴蝶犬上元已经是只老狗了，它安静地和妻子目送着我离家而去。

我同样拒绝了茉莉与我一起奔赴西安的请求。曾经一同去收容所寻找周又坚的经历，如今对我无疑成了某种禁忌。我请茉莉相信我，说我会像寻找自己的儿子一样，去寻找周翔。

"你要相信我，对于这个孩子的牵挂，我和你是等深的。"我这样对她说，说完自己都惊讶使用了如此的词汇。

坐在她那辆银色的标致车里，被这个词汇所萦绕，我觉得世界倾斜起来。是的，多年前的那个夏天，当我们栉风沐雨的时候，有谁会想到，多年以后，我们会坐进小车里，夜晚在我们的眼前，会如眼前一般的流光溢彩？今天是轻的，也许是重的，但与曾经的过往绝对不是同质的。我们要么被扔在了空中，要么被撂在了谷底，就像跷跷板的一端。但绝对不是均衡的。不是等深。

我们在火车站前作别。她要送我上站台，被我劝住了。"一定不要搞得很夸张，也许我们越平和，事情的结局才会越安然。"我说。

一瞬间，我看到她似乎要哭，但她竟将眼泪眨了回去。

我已经有许多年没乘过火车了。车上的旅客并不是很多，这有些出乎我的预料。印象中，我们的火车应该总是人满为患的。找到自己的铺位后，我没有急着躺下，而是端坐在上面，调匀了呼吸，进入到那种忘我的状态里。我的父亲不但会做琴，而且会气功。他教会了我这个，我只是很久没有如此去做罢了。火车启动不久，卧铺车厢就熄了灯。在深沉的吐纳中，我像一名旁观者，在心里冷视着一幕幕的画面：

三年前的一天，我参加一个座谈会，会后乘宾馆的电梯下楼，在某一层停顿时，电梯门打开的一瞬我看到了一个背影，心里顿时咯噔了一下。我硬从已经合住一半的电梯门之间挤出去，看到茉莉和一个瘦削的男人消失在走廊里。他们一闪而过，搞不清进了哪个房间。为了不至于搞错，我挨着每一个房间听过去。我把耳朵贴在每一扇门上，但是每一扇门的后面关闭住的都是虚无，发出的唯一声音就是令人震惊的阒寂。我一无所获地待在空荡荡的走廊里，感觉真是荒谬。我对自己产生出厌恶。出来后，在宾馆前的停车坪我看到了茉莉的那辆银色标致车。我仔细看了看，牌号的确无误。那一刻，我分明听到自己嗓子里发出一种类似气泡破裂的声音。我仰起头，大张着嘴，让涌动的气流向着天空释放。但它们来势凶猛，我向前踉踉跄跄奔出几步，哇的一声，朝着青翠的草坪吐出一口胃液，紧接着更令我痛恨的是，我的身体犹自前冲，一脚踏进了自己的秽物。

那个茉莉"要让全世界都知道"的人，终于有了一个具体的形态。是的，她有一个瘦削的男人。这个男人让她安静——即使她叫喊，她要说，要让全世界都知道。

我和茉莉也选择在宾馆见面。通常是我预先订好房间，茉莉随后如期而至。也有几次例外，都是在深夜，茉莉打来电话说，来吧，我在宾馆，我很害怕……

　　我和这个瘦削的男人都在宾馆里与茉莉会面——这个事实让我痛苦的程度，甚于这个男人存在的事实本身。我是一个连说出和别人一样的话都会倍感羞耻的人。

　　之后我与茉莉终止了联系。那个离过婚的女公务员暂时缓解了我的焦灼。女公务员温婉纤柔，做爱时会用鼻腔和嗓子配合着交替发出有节奏的呻吟。重要的是，她每次躺在我的床上时，上元都会一言不发地伏在床下，怡然地打起呼噜，呼噜声都是安宁、麻木、灰心丧气的，恰好与窗外阴冷的浓雾相匹配。但越是这样，越令我想起茉莉，想起在她身上如奏琴弦般的迷醉，想起那个犬声如沸的夜晚。尽管我想我可以理解茉莉——难道她会是容易的吗？在某种意义上，我和她不过是利用彼此来隐藏各自的命运。

　　……

在夜行火车的铺位上打坐，我心神澄明，流下了清澈的眼泪。

火车在第二天早晨七点多钟到达了西安。西安站前的交通规则很古怪，似乎是专门为了刁难旅客的。好在我轻装简行，只背着一只包。费了一番工夫，我打上了出租车。我的目的地是玉祥门外的秦都宾馆——这是茉莉母子西安之行下榻的地方。

在宾馆前台登记的时候，我才意识到自己疏忽了。周翔不可能住在这里，现在宾馆的登记制度非常严格，一个未成年的男孩，是不会被允许入住的。这是一个密不透风的时代，男孩们的出走必定障碍重重。果然，听了我的描述后，前台的女接待耐心地向我表示，她们没有接待过这样一位客人。我没有感到十分气馁。我认为自己的方向并没有偏差，这依然靠的是直觉。

这家宾馆人气不高，房间的装修也有些陈旧，电话像是二十世纪的产物，但好在卫生条件还不错。我要的房间朝北，向外望去，就是西安的城墙。不自觉地，我用一种孩子的视角打量着周遭。我想体会到那个孩子的视域。这个念头让我重新又回到了大堂。我坐进了大堂的皮沙发里。三年前，男孩十一岁，个头应该和我此刻坐在沙发中的高度差不多吧？于是我看到了：母亲在和她的老总告别，就在回身的一刹那，那个男人的手拍在了母亲的屁股上；母亲没有生气，嗔怪地笑着，回头却迎上了这个高度上男孩的那双眼睛。

两名穿着制服的警察在前台询问着什么，好像是例行公事。接待员们和他们很熟悉的样子。

说来荒谬，三年前我曾经和茉莉被警察在宾馆的房间堵住过。我们被带到派出所里，两个人都很镇定，手挽在一起，紧紧地依靠住，有一种梦幻般的依赖感。我们从容的态度成了一道尊严的屏障。也有可能是现在的警察素质提高了，总之我们没有被过多地为难。有一个警察，很年轻，嘴唇湿漉漉的，上面长着一圈绒毛，他很兴奋，可是由于资历太浅，其他警察都很平和，他就没有发威的机会，所以他一直用一副嘲讽的表情看着我和茉莉。尤其是在检查了我的工作证后，他的嘲讽就更肆无忌惮了。他对着我们笑出声，还不过瘾，竟围着茉莉踱起步来。我是在一瞬间爆发的。我先是觉得脑子里轻飘飘的，随后好像被铁锤重击了一下，然后一切就不由自主了。我向着这个嘲讽者吼道："你嘲讽什么？你是在嘲讽生活！你是在嘲讽生命……"愤怒像洪水一样涌上来，在体内形成剧烈的冲突，暴虐地撕扯着我，令我要粉碎掉。我的脸在扭曲，双手勾向自己的脖子。就在我觉得自己要笔直地倒下去时，我听见茉莉绝望的叫声："晓东——"

后来学校来人把我们领了出去，事情也不了了之，只是被同事们议论了很久。通过这次体验，我发现，原来我也有着在沉默中爆发乃至罹病的潜质。

此刻想起这些往事，令我突然有了抽支烟的冲动。我已经将这个劣习戒除了多年，谁想会在这时沉渣泛起。旁边就有卖烟的柜台。我过去买了一包"三五"，却有意识地没买打火机。于是，当我坐在这家宾馆的餐厅里时，我只是将一支无法点燃的香烟夹在指间。

吃了顿简单的早餐，回房间冲了澡，我在宾馆门前站了足有半个小时才打上出租车。一上车，司机就用方言向我抱怨汽油的价钱。我刚刚准备回应他几句，目的地居然已经到了。下车后我举目张望，秦都宾馆仿古的门脸依然历历在目。原来我要去的地方步行过来，也不过是几分钟的路程。这样我就理解了茉莉下榻在这家宾馆的原因了，它离忆捷公司总部就是这么近。但她却没有提醒我。

忆捷公司总部在大楼的顶层。我选择了楼外的观光电梯，匀速上升的时候，我的眼睛一直盯着外面。我没有看到一个背着双肩包的男孩，直到街面上的行人成了蝼蚁。出了电梯门，就是忆捷公司阔大的前厅。我并不直奔前台的接待小姐，而是一屁股坐进了落地窗边的沙发里。沙发前的玻璃茶几上有一只很大的水晶烟缸。受到它的暗示，我摸出了自己的那包"三五"。但我当然只是将这包烟摆在了烟缸的旁边，为这个平面创造出了某种微妙的均衡与和谐。

茶几上有忆捷公司的宣传册。我拿起来翻看。这的确是一家颇具规模的集团公司，业务涉及有色金属、建筑材料、石油化工产品……几乎囊括了这个时代的一切暴利行业，旗下还有矿业和发电厂。宣传册上最显著的，当然是公司总裁的照片。这个名叫郭洪生的中年男人，就像他从我眼前一闪而逝的那个背影一样瘦削——我是说，他的正面照在我眼里，就是一个背影的性质。在其下分公司经理的名单里，我看到了莫莉的名字。在这一刻，我认读这两个汉字的时候，将它们读成了——莫莉。令我吃惊的是，这么久以来，我居然从未将她置身的行业放在心里过。也许她说过，但我的确没有一点印象。我甚至不知道，她还是一家大企业分公司的经理。"莫莉"此人在我的世界里并不存在，属于这个名字的生活从来就没有被我瞩目过。我只顽固地将她视为一把小提琴。

我的举动不免令人生疑，前台的接待小姐终于忍不住款款向我走来。她在我身边站定，双手搭在小腹上，微微欠身向我问道："先生您有事吗？"

她很高，我可以肯定，我站起来的话，一定会矮她半头。"郭总在吗？"我问。

"在，您要见他？"没有等我回答，她例行公事地问道，"请问您有预约吗？"

"没有。"

"那对不起，您不能见他。"

"请倒杯水给我。"我看着窗外，对她提出要求。

她走向一侧的饮水机，用纸杯替我接了水，回来放在茶几上。我用了约莫十分钟的时间才将这杯水喝完。然后我站起来，在这位接待小姐诧异的目送下进了电梯。我一直没有看她。我不想真的论证出她果然比我还要高。

在电梯里，手机响了，是茉莉打来的。"你在哪儿？"

"在宾馆，我想先睡会儿。"我不假思索地说。

"先睡会儿？……好吧。"我能够听出她的潜台词——你居然要先睡会儿！

我的确感到有些困意。昨晚在火车上我睡得

其实很透，但那是做完气功的结果。那个熟睡着的我，是另一个我，或者干脆不能算是我。而我现在需要一次肉身意义上的属于我的睡眠。明天就是男孩周翔的生日，这让时间有种千钧一发的味道。但我却并不紧张，我的直觉告诉我——先去睡一会儿。

　　整个一天我基本上都是在宾馆的房间里枕着三个枕头睡觉。我只在下午两点多钟出来转了一圈，对周边环境有了个大概印象后，走进恰好看到的一家小饭馆，吃了碗著名的羊肉泡馍。这种饭很扎实，吃下去后，我觉得自己起码可以三天不用进食了。一个人坐在陌生城市的小饭馆进餐，一个人几无目的地在异乡街头游荡，这种情形，令人有种融入万象的况味。

　　傍晚的时候，我再次来到了忆捷公司的楼下。

仿佛约定好了一样，我在楼下刚刚站定，他就出来了。这个瘦削的男人从大楼里拾级而下，从我的眼前走过去。他穿着一件黄色横格的 T 恤，T 恤统在裤腰里，让他的身板更加给人一种前胸贴着后背的感觉。有些出乎意料，他并没有钻进某辆车里，而是闲散地步行而去。我本来并没有尾随他的企图。但此刻只能跟在了后面。他走路的姿势很特别，当然，也许是我的潜意识在作祟——我感到他的两只手甩动得格外夸张。而这两只手，在我看来，又格外的大。

——它们曾经在男孩的眼里拍在母亲的屁股上。

不用很久，我就知道他的去向了。穿过马路，他走进了秦都宾馆的大门。

我对一切感到了满意。我认为自己已经踏进了这件事情的韵律里。安然入睡一场，如同一枚火箭，我的直觉已经精确地将我送上了运行的轨道。现在，我和这件事情完全合拍。

我随后进了宾馆，目送这个瘦削的背影穿过大堂进了电梯。四下观察一下，我来到前台，用轻松的语气向女接待问道："刚才我好像看到一个熟人，请问是忆捷公司的郭总吗？"

女接待用被训练出来的微笑面对我。"是他。你们认识？郭总在这里有常年包房。"

"呃，谢谢。"我表示了谢意，回身在大堂的沙发里坐下。

原来是这样。他常年住在这家宾馆。三年前，茉莉母子下榻此处的时候，他也住在同一家宾馆。那么，男孩目睹了的，也许不仅仅只是拍在自己母亲屁股上的那一巴掌。他还觉察到了什么？也许，是深夜里母亲悄然地离去……

尽管如今我已经结了婚、接受了沉默寡言的生活方式，尽管我昨夜练了修养身心的气功、今天还睡了充足的觉，但此刻我还是感到了剧烈的痛苦。我想，我此刻的痛苦，不亚于那个男孩当日的痛苦。我们的痛苦——等深。

我一直坐在宾馆的大堂里。行李员推着堆满行李的拖车从我眼前经过。风尘仆仆的客人从我眼前经过。一望而知的偷情男女从我眼前经过。在巨型枝形吊灯的普照下，我仿佛目睹了这个时代所有的世相。一直坐到了夜里十一点，那个瘦削男人都没有再出现。也许他叫了餐到房间？我并不觉得饿，那碗羊肉泡馍好像还顶在我的喉咙里。而且，我也并不觉得孤独。因为我知道，此刻，还有一个男孩藏身于某个角落，和我共同静候着。

确定今天就会这样过去后，我起身走出了宾馆。

六月初的西安已经酷热难当，夜色中依然蒸腾着暑气。不远处的城墙下霓虹闪烁。那里有一家酒吧。酒吧的名字就叫"老城根"。穿着旗袍的迎宾小姐将我迎了进去。酒吧是露天的，倚着城墙，院子里古木森森，在射灯的营造下光怪陆离。客人很多，让这座城墙下的院落像是开着一场流水宴席。

我要了啤酒。院子的中央搭着舞台，此刻上面的萨克斯手正在吹奏 Wham 乐队的《无心低语》。这支老曲子有效地将我击垮了。我忍不住想对身边肃立着的服务生介绍些什么。我想告诉他，Wham 是第一支访问中国的西方摇滚乐队，《无心低语》当年是美国的白金唱片。而我迫切想要跟人说说这些属于二十世纪的旧闻，不过是证明了此刻我的衰老和倾诉欲的强烈。

我没这么做，当然。我只是喝着我的啤酒。

我和女公务员结婚时用电话通知了茉莉。当天很多朋友、学生涌进我的家里祝贺，我没料到她真的会来。我们趁乱溜了出去，站在学校教职工住宅区的花园里交谈。话题是散漫的，有什么最结实的内容好像时刻被我们摒弃着。我们提防着，害怕使语言沉重起来，愿意就那么轻飘飘地说来说去。茉莉说："你家里的那只狗好像一下子变成哑巴了，刚刚屋里那么多人，居然没听到它叫一声。""噢，是这样的，"我说，"家属区养的狗很多，总叫个不停，影响正常的生活。物理系的一位老先生就设计出这么个项圈，上面装上电池，给狗们套上，当它们心情烦躁、吵闹不停的时候，项圈便在声控作用下产生瞬间的电流，刺激它们的神经，让它们感到痛苦，如此三番，它们就会自觉起来，闭上嘴，过一种没有激烈语言的生活。"茉莉四下看看，果然，从身边跑过去的每只狗的脖子上，都很争气地套着一个项圈。项圈的外观却是不同的，有的缠绕着花花绿绿的尼龙带，有的挂着几颗小铃铛。看着这些无声地跑来跑去的狗，茉莉泪流满面。我无视她的眼泪，站在被树叶分割得非常破碎的阳光下，心无挂虑地补充道："当然，会有个别的狗刚刚戴上项圈时叫得更凶，其实这只是一个习惯上的问题，它们只是暂时的不适和紧张，并不是项圈无效。"

……

我用了两个小时，喝掉了三扎啤酒。这点酒本不足以让我昏眩，恰好让我可以随心所欲地怜悯自己。

子夜时分我离开酒吧向宾馆走去。充盈着的膀胱让我忍不住小跑起来。说来奇怪，这时候我突然很想给茉莉打个电话。那种急迫之感犹如强烈的尿意。

刚刚摸出手机，身边就闪出一只手。这个家伙是什么时候靠过来的我毫无知觉。完全凭着本能，当他的手抓在我的手机上时，我的另一只手也将他的手扣在了腕上。接下去是一套标准的擒拿动作。反关节的力量让他从我的右侧横翻过去，甫一落地，胸口又被我的膝盖压住。路灯下我看不清他的脸。我也无意看清。但我能闻到他身上刺鼻的臭味。他的手腕还在我的手里。我机械地按照规矩办事，将这只手腕以杠杆原理的作用向后掰下去。骨裂的声音和他的惨叫同时响起。

我起身走自己的路了，走了两步又小跑起来。

身后是这个人拖着哭腔的咒骂："狗日的，你狠！"

我并不总是这么狠。父亲教会了我这些手段，但我从来都只敬仰他做琴的手艺。可是今夜，我想让这个世界的罪恶受到充分的惩罚。是的，等深的惩罚。

肆

今天是男孩的十四岁生日。

我早早坐在了宾馆大堂的沙发里。那个瘦削的郭总没有离开他的房间。

十点钟的时候，一位领班模样的小伙子在前台给餐厅打电话，"郭总的订餐现在就送上去。"我坐的位置足以让我听到这句话。

餐厅就在一楼，服务生推着餐车出来时，我跟着他上了电梯。食物是一份沙拉，两只煎蛋，一篮面包，还有一壶咖啡。沙拉和鸡蛋被保鲜膜覆盖着。电梯停在五层。出去后，我站在走廊里佯装打手机。服务生停在 512 门前，按门铃。门开了，却是一个穿着睡衣的年轻女人。她没有让服务生进去，自己动手将食物端进了房间。服务生离开后，我走到了 512 的门前端详良久。我想，这扇门，茉莉一定不陌生。

房间里隐约有电视的声音。我站了片刻，抽烟的欲望再一次涌上来。

回到大堂，我原本坐着的位置坐进了一个中年男人，他正在吞云吐雾。我将这一幕当作了宿命。在他身边坐下后，毫无悬念，我必然地向他借了个火。烟雾在我的鼻腔里回旋，如此醇厚，我都不知道自己会吞咽得这般贪婪。于是，我立刻感到脑袋眩晕。

这一天，瘦削的郭总被一个年轻女人陪伴着，饿了有人将食物给他们送上去，困了当然随时可以酣眠，而我，却像一个跟班，枯坐在宾馆大堂的沙发里，替他守望着无尽的岁月。世界大抵如此，在很多方面可以截然分为两半，比如一半是安眠者，一半是守夜人。此刻，概莫能外，我就安分守己地待在自己的阵营里。

那包"三五"被我抽掉了半包——不断有叼着烟的人从我面前经过给我提供着火源。我感到恶心。午餐和晚餐我都是在宾馆餐厅吃的。餐厅用玻璃墙和大堂隔开，坐在里面，我依然能够眼观六路。

我没有看到一个男孩的身影。

外面天阴了。在我眼里，宾馆大门的门框像一个取景器。前台的接待员们注意到我了，我不知道在她们眼里我像个什么。她们身后的墙面上照例挂着五只钟表。北京，东京，纽约，巴黎，伦敦。为什么非得是这五座城市呢？不得而知。把这个景象看得久了，会让人渐生倦意，仿佛坐拥哗哗作响的时间之中，身陷分秒四溅的时光水花里。

晚上八点多钟妻子打来了电话，告诉我："你父亲住院了。"

此时我有些无赖地半躺在一家宾馆大堂的沙发上，本来就已万分落寞的心情被这个坏消息弄得更加消极。我问她："究竟怎么回事，要不要紧？"

"应该不是很要紧吧……"妻子嗫嚅着，"医生说还是血压的问题。你不要着急，但我认为还是应该跟你说一声。"

电话中传来两声犬吠。这很难得，上元沉默已久，我几乎已经忘记作为一只狗它原本是会嗷嗷不休的。

"知道了，明天我就回去。"我说。

这个决定一旦做出，我立刻起身回了房间。我本打算在大堂里守候到午夜十二点钟，因为我始终固执地认为，"十四岁"会是一根不能触碰的红线。法律规定闯过这根红线后，人就具备了有限的刑事责任能力。我以为一切都会发生在撞线之前。但此刻我觉得自己的假设简直荒谬至极，这些假设虚诞、自以为是、子虚乌有，不过是出自一个教中文的教授那种根深蒂固的刚愎。

我从没有像此刻这般沮丧过。

回到房间，我所做的第一件事就是，拿起电话，打给宾馆的商务中心，让对方替我订明早第一班飞回兰城的机票。

过了几分钟，商务中心的电话回了过来，告诉我明早能够订到的最早一个航班，是十点三十分的。

"就它吧。"我无力地确认。

冲完澡，我躺在床上拨通了茉莉的手机。

"怎么样？"她劈面问我。

"没有结果，"我沉默了一会儿，"也许是我判断错了。"她一言不发，好像是要还给我"等深"的沉默。我说："茉莉，现在那个郭总就住在楼上。"

"你提他干什么？"她的声音很低沉，"晓东，你葫芦里到底卖的什么药？我不知道这和周翔的出走有什么关系……你什么都不告诉我。"

我像虚脱了一般。"好吧，我告诉你，我怀疑周翔出走是为了向这个郭总行凶。"

"为什么？他为什么要这么做？"她的声音一下子拔高了。

"你真的不知道为什么吗？"我将手机离开一些自己的耳朵，给自己造成一种自说自话的错觉，断然道，"那么我告诉你，孩子是在复仇。他认为这个男人羞辱了他的母亲，逼走了他的父亲，败坏了他的家。"

手机那头又没有了声音。随后，我听到了她的哽咽。

"当然，这一切现在都只是推理了。孩子并没有出现。"我说。

"晓东，我该怎么办？"她的确是在啜泣，"你该理解我的困境，周又坚毫无生活的能力，这个家只能由我来承担所有的责任。在这个时代，我能怎么做？不错，周又坚后来知道了这些事情，但我没有想到他会因此一走了之——"

"你以为他知道后会怎样呢？"

她顿住了，"不知道，我不知道，我没有勇气考虑这个问题。"

我又想抽烟，但摸出后才发现自己没有火。"那么，"我使劲嗅着无法点燃的香烟，"茉莉，你能告诉我吗，既然是这样，三年前你为什么还要找到我？"

"为什么？"她突然叫喊起来，"因为我需要被爱！"

"难道，周又坚不足够爱你？"

"作为一个丈夫，在这个时代，他的爱不够。"

只在一瞬间，我感到自己便糖一般地融化了。

她反复在说着"这个时代",那么,这是一个怎样的时代呢?是的,这是一个我们在大学时无法想象的时代。那时候,茉莉是一个将十字架挂在胸口的女生,是一个为了道义便可以去陪伴那位慷慨激昂的病人的女生,而在这个时代,她要一边做着经理,一边被爱。

"晓东,不要谴责我,起码现在不要……"她在手机的另一端发出一种不禁而出的介于啜泣和恸哭之间的气声。"我刚刚丢了儿子。"她说。

我当然无意去谴责她。人人都在偷窃着生活,她只是很不幸被逮着了而已。在这个时代里,我也活得看起来有滋有味,我在讲台上说油嘴滑舌的学问,我在床上,奏响一个又一个女人。那个唯一有权利对这个时代疾言厉色着去谴责的人,他失踪了。

十点三十分的飞机，我八点钟就要出发。

起来后我刮了胡子，冲了澡，然后背上包离开。

在前台结账的时候，我看到了那个瘦削的男人。他匆匆走向宾馆的大门，手里握着手机。从我的位置望过去，黄铜门饰在朝阳下熠熠生辉，炫目极了。我看到他站在了宾馆门外的台阶上，四下张望，似乎在找什么人。

我紧随出去，还没有走到他的身后，就看到了马路对面的男孩。

马路是双向八车道，此时亮着人行红灯。男孩背着双肩包，两只手抱在胸前，一件衣服搭在上面。他安静地站在人行道上等待红灯过去，影子在朝阳下长得出奇。这时候车流还很稀疏，已经有行人自顾穿越着马路。但是他却很守规矩。绿灯亮了。我从路的这边迎着他走去。如果要从我四十多岁的所有时光中选择和截取一些永不磨灭的时刻，

这一刻必定会入选其中。这一刻，那种强烈的迎着
什么而去但又是不期而遇的滋味，令我悲欣交集。

男孩走得不慌不忙，在马路的正中与我交会。
彼此错身的一刻，我的手揽住了他的肩头，用一种
他根本无法抵挡的力道与巧劲，将他的方向扳转了
过去。他当然会挣扎。但我的臂膀宛如铁铸。我的
另一只手也已经死死捏住了他衣服下交错着的双
手。他被我控制着。这只是一瞬间的事。

"今天你已经十四岁了。"我低声说，并没有看
他，而是望着前方，拖着他走。

我感到这句话让他的挣扎一下子变弱了。但
我依然宛如环抱着一头小兽。这时候我感激弱肉强
食的丛林法则，认为成年人总是可以挟持和制服一
个孩子，这个规矩简直他妈的正确极了。他有些跟
跄，跟着我回到了马路的对面。我们没有停下，勾
肩搭背地一直向前走去。在一个早点摊前，我放松

了手上的力量。他感觉到了，肩膀从我的胳膊下闪出。但他裹在衣服下的双手依然被我控制着。

"交给我吧?"我用商量的口吻对他说。

他迟疑了一下，终于决定彻底放弃。在我看来，这是个很理智的孩子，他不做无谓的反抗。他的双手抽出来了，衣服和其下掩藏着的物件落在了我的手里。不用看，凭手感，我也知道那是一把短刃。

早点摊卖油条和豆浆。我们在小板凳上坐下，要了早点。他动作不是很大地活动着肩膀。尽管我注意手上的分寸，但还是应当不免弄疼了他。这时候，我才有暇认真打量他。他穿着 V 领黑 T 恤，高高瘦瘦，四肢细长，额上有几粒青春痘。我知道他十四岁了，否则我不一定猜得准。这个年龄段的孩子有种蒙昧的特质，他们正处在人生的灰色地带，像是正在渡河，过渡在此岸与彼岸之间。男孩像茉莉，同时，也像周又坚。这个认识突然让我鼻子一酸。想必他也在认真地打量着我，心里没准在想，要不了几年，眼前这个矮家伙就将不是对手。

他问："你是谁？"

"我是你叔叔。"我用一种格外诚恳的态度回答他。

"我不认识你。"

"是的，我也不认识你。"我觉得自己眼中涌上了泪水，"但我认识你的爸爸，还有你的妈妈。"这一刻，我觉得自己是在陈述一个非常重大的事实，"我们是大学时代的同学、朋友。"我有一种中年男人源自挫折和困厄才有的真诚。我觉得此刻我面对着的，就是一个时代对另一个时代的亏欠。我们这一代人溃败了，才有这个孩子怀抱短刃上路的今天。

男孩看到了我眼中的泪水。我的声音八成也泄露了我的心情。他可能并不理解我的伤悲。

但我相信，他被打动了。他将盛着油条的碟子向我这边挪了挪，自己低头去喝豆浆。"你怎么找到我的？"他问。他的声音在变声期，瓮声瓮气，似乎比一个成年男人还要沉闷。

"凭着直觉。"这么回答他，我没有一点敷衍的意思，我觉得，只有"直觉"配得上此刻。

"我还会再来。"他说得很平静。

"那么，我还会凭着直觉来阻拦你。"我从兜里摸出了手机，拨出茉莉的号码递给他。

男孩接过手机，半天不作声，只是安静地放在耳边。"妈，是我，"他终于开口了，"我很好，你别哭了。"然后又是静静地聆听。

我自顾吃着浸了豆浆的油条，直到他将手机递给了我。

茉莉在手机里哭着说："究竟怎么回事，晓东你们在哪儿？"

　　"没事了，我们现在就回去，顺利的话，下午就该在兰城了。"

　　她还想再说下去，我摁断了信号。

　　男孩吃得不少，一碗豆浆，四根油条。这个饭量让我感到松弛了些。"好吧，我们走。"我说。

　　在一只垃圾桶旁，我丢掉了男孩衣服里的凶器。我并不想检查这把短刃，它是否锋利，能够造成怎样的伤害，这些问题都令我感到厌恶。我把衣服还给他。是一件红白相间的校服，化纤面料，一把刀塞在里面都不会觉得舒服。

　　我们站在路边打车。

　　"这几天你住在哪儿？"我问。

　　"附近的私人旅馆。"男孩穿着帆布鞋的双脚轮番在地上无聊地蹭着，"一晚上才二十五块钱。"

　　"你用什么方法把那个男人叫出宾馆的？"

"挺简单的，"他笑了，有些得意，露出了一个大男孩的天性，"我有我妈的手机，"他摸出自己从家中带走的那只手机，"上面有那个人的号码，我打给他，说我是莫莉的儿子，我和母亲来西安了，但是母亲摔倒在宾馆门前了，让他下来帮忙。"说完他随手将手机递给了我，我将此视作他的一个下意识的动作，他在缴械——既然他已经交出了自己的刀。果然，手机出手后，他的神情确乎有种如释重负的轻松感。

"你很聪明。"我将这部象征着负担的手机装进口袋，忧伤地看着他，"这些都是你计划好的。"

他抿起嘴，脸上有些羞涩。"你不必这样表扬我。"

"但是，为什么你没有按照计划行动？"

"什么？"

"你应该在昨天行动的。"

"嗯?"

"今天你已经年满十四岁了。"

"今天就是我想要的日子。"

我吃了一惊。"为什么? 你知道的, 过了昨天, 同样的行为, 在法律上会承担不同的结果。"

"我就是要做一件自己可以承担结果的事情。"他的两只手扣在双肩包的背带上, 望着天空, "我不想让我做的事在你们看来只是一场不用负责的儿戏。"

我感到震惊。我震惊地发现, 一直以来我所仰仗着的那份"直觉", 原来也已经肮脏油腻, 它让我不自觉地就将一切往诡诈的方向推断。殊不知, 眼前的这个男孩, 却在光明磊落地谋求着敢做敢为的责任。在他的比照下, 站在"十四岁"这根红线那一侧的我, 才是一个凭直觉就永远拒绝着责任, 永远乖巧与轻浮的劣童; 而站在另一侧的男孩, 却响亮、郑重。他几乎有着一种"古风"，如此的气概，已经远离我们有多少个时代了？我很想把这个问题多想一阵，但情况不允许。我的身边站着一个孩子，我无法失魂落魄地站在街头发呆。

"你想到过后果吗？"我艰难地问，同时感到庆幸。我庆幸自己没有成为这个男孩的目标——而这也是完全可以成立的。

"没有，"他冲我笑一笑，但很严肃，"因为那个男人拍我妈屁股的时候，一定不会想到会有什么后果。"

他果然是周又坚的儿子。我似乎又看到了那个总是令人猝不及防地从沉默中拍案而起，对生活中的一切不义进行激烈的斥责，不宽恕，一个也不宽恕的周又坚。

我说："可是，你总要衡量这样做是否值得。"

他不作声了。一辆出租车停在我们面前。坐进去后，他才突然低声说道："你觉得我爸离开家值得吗？"

我无法作答。他的同学刘晓东对我说过：他理解他爸爸，他说只有他爸爸这样的行动，才是和生活等深的。那么是的，当我、当茉莉、当我们都以"这个时代"为由改弦更张的时候，当我们连续两次索要发票都会感到心虚的时候，还有这样的一种逻辑存在，那就是：在惊愕中释放出的世界，只有同样的惊愕才能真正懂得，而来自命运的伤害，只能由与命运等深的行动来补偿。

听不到我的回答，男孩仿佛自言自语了一句："刚才我妈在电话里跟我说，你是她最可信赖的朋友。"

到达机场时已经十点了，我放弃了登机。最近的一班航班是十一点四十的。男孩没有任何证件，无法给他购买机票。这个时候，我只能还原成为一个混世者。机场公安处有我一个学生的父亲，我找到了他，于是，男孩只报出了自己的身份证号码，我们就顺利地进入了登机口。

登机前我拨通了茉莉的手机，告诉她我们落地的时间。

起飞后，我对男孩说起了他的父亲。大学毕业后，由于那个夏天的表现，周又坚被分配到了文史馆，整天埋在了故纸堆里。在我的想象中，他必定永远被定格在这样的一个形象里了：贴身的背心已经让人看不出是白色的了，很紧地扎在一根磨出了毛边的棕色皮带里，夹克衫的拉链坏了，将世界戛然卡住。但是，此刻置身云端，我却发自肺腑地想要给周又坚的儿子、我们的下一代，树立起一个完美父亲的形象。我对男孩说，周又坚是我们那一届专业水准最好的一个。这是事实，只是许久以来已经被我淡忘。我说，周又坚是有正义感和羞耻心的人，他生理上的痼疾，其实更应当被看作是一种纯洁生命对于细菌世界的应激反应。

男孩渐渐听得入迷。

"怎么样，"我试图和他约定，"我们一起把你爸找回来？"

"怎么找？"

"靠直觉。"我有些忐忑，因为我已然开始怀疑自己涂抹上了一层油脂的直觉，"不是吗，我就是这样找到你的。"这里面没有更多值得一说的令人信服的理由，我只是觉得此事可为，"而且，你不觉得，去做这件事情更加有意义？"

不错，起码我觉得这个空中的约定是有意义的。为此我有些茫然自失，以至于当我注意到有位空姐总是不时过来瞅我一眼时，一时感到了莫名其妙。旋即我才发现，原来是我指间夹着的烟使得空乘人员不安了。这根烟当然只是个虚张声势的道具，我自己都不知道是何时亮了出来。它当然不会被点燃。因为，首先我没有可以将它点燃的手段。但它的确足以令人警惕，并且，它引而不发的架势也更有理由惹人不安。

　　一个小时后，茉莉在接机口向我们招手。她抑制不住自己的激动，因此都显得有些忸怩和腼腆，看得出是在眼泪与笑容之间努力寻找着微妙的平衡。她的衣着朴素得有点过分，中性的白棉 T 恤，中性的牛仔裤，还束起了头发，戴了顶棒球帽。尽管很好看，但显然是刻意为之。这个女人，这个母亲，在负疚中试图以淡化性别的方式来谋求儿子的宽宥。男孩表现得很克制，他还用手拨拉了一下自己母亲的头。对此，我不知是喜是忧。我看出来了，男孩对自己的母亲，的确有一种"怜惜"。然而，我委实替这对母子之间幽暗的厄境感到忧愁。有些话我始终没能对男孩启齿，我不知道该如何从他这里替他的妈妈请求到一个机会，一个将她自己赎回的机会。因为我真的没有把握，这样的机会是否真的存在，以及，她是否能真的将自己赎回。

一路上大家都很沉默。我坐在车的后座，望着坐在前面的母子。

就像烟缸旁适于放上一包烟，在这个局部，符合我们直觉中空间美感的，应当是这样的排列：中年男人——驾驶座；中年女人——副驾驶座；孩子——后座。

世界却在每一个局部空间里都发生着微小的紊乱。

茉莉打开了车里的音响，居然是那首 Wham 乐队的《无心低语》。我舒了口气，还好，无论如何，我想，她依然保留着我们那个年代的某种趣味。

我让茉莉直接将我送到了医院。她要跟我一起进去看看，被我拒绝了，"我妻子在。"我说。

当然，这个时候我妻子不会在医院里。她是一名公务员，现在该是上班的时间了。

父亲一个人躺在病房里，状况似乎不那么糟糕。我坐在他的床边，告诉他我刚刚参加完一个学术会议回来。

"学术会议？"父亲的语气像是第一次听到世界上还有这样的名堂，他问，"哪方面的？"

"等深流。"我不假思索地敷衍他。

他却并不深究。

断断续续跟我说了些不着边际的话，父亲突然生起气来。"你看，我真的是快要死了，话也变得多起来，令人讨厌。"他强调说，"我以前可不是这样的，就像最好的琴，其实很少发出声音来……"

我不以为然，声音飘忽地嘀咕道："一把琴发不出声音，还有什么意义？"

父亲莫名其妙地笑了，唧唧咕咕的，却突然间从病床上直挺挺地坐起来，冲着我怒吼道："你懂什么？我说的声音不是你喊出来的，是你肚子里的！你肚子里的话太多了，早晚会憋死你！"

我看到父亲翻起了白眼，几乎快要背过气去，惊悚地叫喊起来："爸爸——"

闻声而来的护士手忙脚乱地来帮我，她们调动起蛮力，准备制服我父亲。但是父亲在一瞬间就恢复了常态，令她们扑了个空。他缩回到被子里，只露出一只手在空中摇摆，厌倦地驱赶着我们。

"走吧，都走吧，让我安静一会儿。"父亲说。

从医院出来，我沿着滨河路往回走。我不愿显出萎靡之态，也不愿沉溺于沮丧的自省。我不想总是计算着此番西安之行究竟是经历了获救还是归咎。人在年逾不惑想要开始新的生活，这并非易事。

最莫名其妙的是：我竟然想到那家有着《中国独立诗人诗选》的咖啡馆去坐坐，感受一下它的蔚为大观，或者，让自己再次历经一下有关发票的磨难。

一切好像了结了，但世界并未戛然而止。

——突然响起的手机铃声，印证了这点。

它响起来，伴随着震动。因为毫无防备，最初的时刻，我觉得是自己的口袋在兀自作怪，噂，口袋在唱歌，它在颤抖。

当然不是。是那部男孩缴械一般交给了我的手机。当我摸出它举在眼前时，我首先想到的是，它违反了航空规定，一路没有关闭，飞越了应该噤声的天空。然后我看到，它屏幕上显示的来电人是：郭总。

我在犹豫是否该接听，这毕竟不像是航空规定那样应该被无条件执行的规矩。

然后它安静了，可紧接着又响起来。我按下了接听键。对方并不作声，而我有更充分的理由也不去作声。我们似乎是在角力。

"莫莉？"这个人显然不具备茉莉那种沉默的能量，最终是他先开了口。我觉得他的声音都是瘦削的。

"不是。"我说。虽然只有两个字的音节，但我却如遭雷击。我在一瞬间发现自己失真已久的嗓音翩然归来。温和的男中音，沉着，冷静，自信满满，就像一个归来的自己，却让我魂不附体。

"你是谁？"瘦削的声音有种不太瘦削的懒散。

我在经历着某种复原，或者是在经历着某种被打回原形的痛楚。这让我几乎是不假思索地回答道："我是她的丈夫。"

"哦——"这像是一种恍悟般的呻吟。"哦——"间隔了很久，他又发出了一声确凿的叹息。

而我已经欲罢不能。那种汹涌的言说欲，一定会让我在父亲的眼里像一把无可救药的破琴。"听着，我告诉你，你羞辱了我的妻子，败坏了我的家，让我们的儿子离家而去。"我知道这样很蠢，但蠢得让自己充满了快意，"你要偿还，我发誓。"

"哦——"这个破人又在呻吟或者叹息！"你等着。"他说，让我感觉他是在反过来威胁我，同时，他不过是将他的手机倒在了另一只手里。

"是你等着！"我像一个街头厮斗的混混一般以牙还牙。

话音甫落，手机那头传来了一声呼唤："晓东！"他说，"是你吗？我听出来了。"

我知道我停下了脚步，站在了车流如织的街头。我也听出来了，是他，那个我多年前的朋友，那个总是对着世界疾言厉色地呐喊的家伙。

我站在街边，听着这个人再一次对我喋喋不

休。他说了足足有一个小时，归纳起来，不过是他对自己如今的状况满意极了。"我对老郭下了三次手，当然都没得逞。"他说得很开心，"知道吗，就像诸葛亮七擒孟获，现在，我成了他的人。我觉得，他比我们更配爱莫莉。"我听出来了，他说"我们"。"晓东，世界变了，你知道吗？世界变了！"他像当年指责在食堂里视察的校长一般向我咆哮着。

我当然有理由将这个喋喋不休的家伙当成一个疯子。我用自己残存的那点理智规劝他，甚至是试探他。"老周你在哪儿？我去接你回家。"我说。我从来没有喊过他"老周"。同时，我真的知道，从此以后，我再也没有了刚愎的可能。这算是一个彻底的复原吗？我不知道。

世界真的无以穷尽。

"别傻了晓东，"他还是固执地喊着我的名字，仿佛要以此强调他永远不受岁月的拨弄，依然活在即便栉风沐雨，但线条却很清晰的过去里，"我干吗要回去，我现在很好，你听——"

他要我听的是什么？我想要听到的是什么？这个如今据说是遁世一般自愿住在山庄里的家伙，此刻一定高高举起了手中的手机，让话筒最大限度地对准世界的声息。

而我听到的，是鸟啼般喃啾婉转的女声，还是女声般喃啾婉转的鸟啼？

走吧，总不能永远站在路边。

兰城被一条大河分为了两半，当我从河的南面跨桥走向河的北面时，我只是再一次感觉到了"度过"的心情。

图书在版编目（CIP）数据

等深／弋舟著. -- 北京：作家出版社，2021.3
（刘晓东系列）
ISBN 978 - 7 - 5212 - 0849 - 8

Ⅰ. ①等…　Ⅱ. ①弋…　Ⅲ. ①中篇小说 – 中国 –
当代　Ⅳ. ①I247.5

中国版本图书馆CIP数据核字（2019）第288423号

等　深

作　　者：弋　舟
责任编辑：李宏伟　雷　容
插　　画：王　小
装帧设计：任凌云
出版发行：作家出版社有限公司
社　　址：北京农展馆南里10号　　　邮　　编：100125
电话传真：86 – 10 – 65067186（发行中心及邮购部）
　　　　　 86 – 10 – 65004079（总编室）
E – mail: zuojia@zuojia.net.cn
http: // www.zuojiachubanshe.com
印　　刷：北京盛通印刷股份有限公司
成品尺寸：120 × 200
字　　数：43千
印　　张：4
版　　次：2021年3月第1版
印　　次：2021年3月第1次印刷
ISBN 978 – 7 – 5212 – 0849 – 8
定　　价：45.00元